JN071120

香水瓶

Saito Machiko

斉藤真知子句集

青磁社

一生の今年の夏の薔薇ひらく

長谷川 櫂

香水瓶＊目次

序句　長谷川櫂　1

夏　7
秋　61
冬　111
春　159

あとがき　215

季語索引　216
初句索引　227

句集

香水瓶

夏

花びらのとけかけてゐる牡丹かな

牡丹のひとつの花に女かな

右へ揺れ左へ揺るる牡丹かな

散りてなほ花芯のほてる牡丹かな

初夏の怒濤のごとく言葉あれ

ふるさとに大き空ある端午かな

熊本や千年のちも楠若葉

一木に馬を繋ぎぬ青嵐

青嵐折れては立つる志

筍や頭つきだす頭陀袋

一山の蚕豆をむく男かな

母の日や父に聞きたる母のこと

藻の花や水に乗つたり潜つたり

藻の花のひとつは波のさらひけり

さつきまでひかりあひたる蛍かな

失恋の君に贈らん金魚かな

むつかしき恋の顔なる蔓

誰にでも笑ふ赤ん坊ねむの花

枇杷の実を枝ごと切つてくれし人

通るたび揺らす梅酒の瓶一つ

けふ海の涯までしづか沖縄忌

くれなゐの花つぎつぎに沖縄忌

屋根の上のシーサーけふも暑し暑し

どの顔も炎天の海見てしづか

涼しさに紅型染むる媼かな

どの子にも大きな未来雲の峰

本妙寺大工入れたり百日紅

けふの暑さ火鍋の上に座すごとし

からからの喉かけ落つるビールかな

香買うて祇園囃子を遠ざかる

大雨へ突つ込んでゆく博多山笠

魂の一塊として灼くる石

イサムノグチ庭園美術館

月涼し庭中の石眠るころ

雑踏に紛れず母の日傘ゆく

畳まれて海の匂ひの日傘かな

昼寝覚この世へすぐに戻られず

煩悩の出でくる穴や籠枕

山清水竹の柄杓へほとばしる

箱庭に一つの椅子を置きにけり

宿題のノートの上に蟬の殻

涼しさや少年の吹く竹の笛

君を攫ひに夕立の只中へ

明日のことわからぬ髪を洗ひけり

何もかも暑さのせゐにするなかれ

月光の翅曳いてゆく蟻の列

夜の蟻見えざるものを運びゆく

一匹のごきぶりに夜を破られき

良き妻とならぬ女や胡瓜もむ

己が張りし蜘蛛の網から抜け出せず

我こそが羽抜鳥とは知らざりき

夕風に吊られしままの浴衣かな

十年をほつたらかしに香水瓶

秋

白桃やくるりくるりと水の中

鯛や小舟を曳いて舟戻る

かなかなや昔通りし山の径

つくつくし鳴くだけ鳴いてあとしづか

敗戦忌海に逆立つ波ひとつ

父の家に覚めてひとりや盆の月

母の魂厨口より戻りこよ

精霊舟水辺の草にかかりけり

一日を素顔のままで鳳仙花

その辺に転がしておく冬瓜かな

あすはどの莟のひらく芙蓉かな

白萩の花も苔も雨の中

桔梗をきれいな水に浸しけり

水筒の水はからつぽ秋桜

秋晴や句会に並ぶ杖二本

秋空の映りて水の深きかな

つぎつぎにぶつかつてくる蜻蛉かな

蟷螂は己の影に驚きぬ

蟷螂の怒り怒れる顔をみき

馬追や髭ととのふる風のあと

鳴きながらもらはれてゆく籠の虫

前の山うしろの山もみな芒

熱気球芒原より上がりけり

絵唐津の風の芒は限りなし

揺れに揺れ元に戻らぬ芒かな

淡海の眠るに惜しきけふの月

夜遊びの我の真上へけふの月

午前二時鳩時計鳴る良夜かな

かたはらに人眠りゐる良夜かな

縫ひ終へし針のやすらふ良夜かな

うれしさや月の光をくぐるとき

秋灯をふたつともしてふたりかな

いまさらの菊の枕の香りけり

一粒にこもる力や今年米

一難に力湧きけり唐辛子

秋刀魚焼く煙もろとも裏返す

長生の人よりもらふ柚の実かな

嘴のこぼしてゆきし熟柿かな

田の神のごろりと眠る刈田かな

蓑虫に生まれて一生蓑の中

蓑虫に聞かれてならぬ話かな

蓑虫の嘆きを聞いてやりにけり

真つ先に荒ぶる神へ今年酒

けふだけの顔が鏡に秋の暮

夜寒さやひとつ離るる影法師

ざつくりと裂けし石榴のごとき句を

ここからは霧を分けねばゆけぬかな

拾ひきし松笠ひとつ冬の旅

小春日や子供よろこぶ鹿の糞

掃きながら落葉と遊ぶ箒かな

夜更けて夜の音する落葉かな

枯菊は炎となりて香りけり

枯蓮の茎になほある力かな

まだ枯るるところののこる蓮かな

にほどりの頭を濡らすしぐれかな

凩をさらふ凩吹きつのる

一木は裸となりてさすらへり

枯れ果てて光まばゆき枯野かな

若き日の心さまよふ枯野かな

とりどりの糸を集めん冬ごもり

ぼろぼろの歳時記大事冬ごもり

引くほどに先へ転がる毛糸玉

日のあたる方へ転がる毛糸玉

考へのまとまらぬまま懐手

冬菜洗ふ水を大きく揺らしては

ひと匙に己やしなふ葛湯かな

冬の日のしづけさに置く茶杓かな

飛び去りし鳥帰り来ぬ屏風かな

積む雪を重し重しと山眠る

雪の夜や炎の走る登り窯

神楽いま鈿女命舞ふころか

ひと粒の眠り薬を冬の水

マフラーに怒りの顔をうづめをり

寒卵落とすや飯に深き穴

煮凝の一欠熱し飯の上

兜煮の目玉むさぼる寒さかな

捌かれて跡形もなき鯨かな

寒鯉の眠れる水の重さかな

あたらしき命ひしめく冬木かな

冬木の芽触るればしんと熱かりき

放課後の雪達磨またひとつ増ゆ

埋火や炭の真中までまつ赤

砕きたる大榾を火の走りけり

ふるはせて大きはなびら冬牡丹

冬牡丹風の力を以てひらく

寒梅や空にまつたき一二輪

臘梅のどの枝の花かをるらん

紙を漉く一枚の水音しづか

春隣懐紙ころがる五色豆

結局はひとつも買はず年の市

青空へ餅搗きの湯気立ちのぼる

振り上ぐる杵にとびつく臼の餅

藁こぼしつつ大注連縄の綯られけり

春

一年の力もらはん雑煮餅

雑煮餅山のごとくにしづもれる

十年を博多暮らしの雑煮かな

今年こそ今年こそはと初御空

宝船ぐらりと揺れて目覚めけり

あたりくる独楽を力に独楽まはる

読み人のひと声に舞ふ歌留多かな

獅子舞にさし出すやこの石頭

獅子頭しばし河原の石の上

七草籠なづなは花のひらきつつ

福笹を突つこんでおく紙袋

龍の眼の玉と動くや玉せせり

あたたかき雨の濡らせし白魚かな

ふるひ寄す白魚の色見ゆるまで

うつくしう縫うたる針を納めけり

針供養くれなゐの糸つけしまま

針山に針並び立つ余寒かな

青空へひらく辛夷や龍太の忌

白梅の一花のごとき人となれ

春の滝に打たれに来たる女かな

凍滝を解かせし水の力かな

眠たげに座りたまへる雛かな

雛人形をさなき我がその前に

掌にふはりと乗りぬ紙雛

雛納め真中を猫のとほりゆく

何食はぬ顔して戻る恋の猫

籠にあふるるよろこびの蓬かな

ものの芽のちひさき音をたてて出づ

てつぺんのはくれんの花落ちてきし

馬蛤貝のちらとこの世を覗きけり

鶯の次の声待つ女かな

夕暮れて囀り足らぬ一羽あり

ひと日なら雲雀になつてみるもよし

みづからを奮ひたたせん花衣

また一羽来て花びらをこぼしけり

散りはてて花やすらへり草の上

浮いてきて花にまみるる真鯉かな

花びらや人を忘れて忘らるる

西行忌だれもをらざる花の下

べたべたの甘茶の杓のめでたさよ

この山の花のひとひら桜湯に

かたくななな心ほぐさん桜餅

踊り子の楽屋へ届く桜餅

桜烏賊墨を吐くさへなまめかし

桜鯛捌きて人は花まみれ

拾うては波へ返しぬ桜貝

朝の句の夕べは古りぬ豆の花

朝寝して大海原をゆくごとく

春の波ひかりまみれとなりかへす

天地をひとつにまるめ草の餅

草餅をひとつ炙りて昼餉とす

春風を動かしてゐる象の耳

春風や遊び疲れてなほ遊ぶ

あとがき

『香水瓶』は私の初めての句集です。
古志に入会して、長谷川櫂先生、大谷弘至先生のご指導をいただき、作りました句をまとめました。
句集を編むにあたり長谷川櫂先生に選を頂き、序句と句集名を賜りました。深く感謝申し上げます。
今後は、これまでの学びを糧に、さらに精進したいと思います。
出版の労をおとり頂きました青磁社の永田淳様、装丁の加藤恒彦様、写真を使わせていただきました鈴木理策様に心より御礼申し上げます。
今まで、様々な場で句座を共にしていただきました方々にも、心より感謝申し上げます。

二〇二一年夏

斉藤　真知子

季語索引

あ行

青嵐【あおあらし】（夏）
青嵐折れては立つる志　一七
一木に馬を繋ぎぬ青嵐　一六
秋の暮【あきのくれ】（秋）
けふだけの顔が鏡に秋の暮　一〇六
秋の空【あきのそら】（秋）
秋空の映りて水の深きかな　七八
秋の灯【あきのひ】（秋）
秋灯をふたつともしてふたりかな　九四
秋晴【あきばれ】（秋）
秋晴や句会に並ぶ杖二本　七七
朝寝【あさね】（春）
朝寝して大海原をゆくごとく　二〇八
暑し【あつし】（夏）
けふの暑さ火鍋の上に座すごとし　三六
何もかも暑さのせゐにするなかれ　五二
屋根の上のシーサーけふも暑し暑し　三一
油虫【あぶらむし】（夏）
一匹のごきぶりに夜を破られき　五五
甘茶【あまちゃ】（春）
べたべたの甘茶の杓のめでたさよ　二〇〇
蟻【あり】（夏）
月光の翅曳いてゆく蟻の列　五三
夜の蟻見えざるものを運びゆく　五四
凍解【いてどけ】（春）
凍滝を解かせし水の力かな　一八一
鶯【うぐいす】（春）
鶯の次の声待つ女かな　一九一
埋火【うずみび】（冬）
埋火や炭の真中までまつ赤　一四七
空蟬【うつせみ】（夏）
宿題のノートの上に蟬の殻　四八

馬追【うまおい】（秋）
馬追や髭ととのふる風のあと　八二
梅【うめ】（春）
白梅の一花のごとき人となれ　一七九
梅酒【うめしゅ】（夏）
通るたび揺らす梅酒の瓶一つ　二八
襟巻【えりまき】（冬）
マフラーに怒りの顔をうづめをり　一三八
炎天【えんてん】（夏）
どの顔も炎天の海見てしづか　三二
沖縄忌【おきなわき】（夏）
けふ海の涯までしづか沖縄忌　二九
くれなゐの花つぎつぎに沖縄忌　三〇
落葉【おちば】（冬）
掃きながら落葉と遊ぶ箒かな　一一五
夜更けて夜の音する落葉かな　一一六

か行

鳰【かいつぶり】（冬）
にほどりの頭を濡らすしぐれかな　一二〇
神楽【かぐら】（冬）
神楽いま鈿女命舞ふころか　一三六
籠枕【かごまくら】（夏）
煩悩の出でくる穴や籠枕　四五
髪洗ふ【かみあらう】（夏）
明日のことわからぬ髪を洗ひけり　五一
紙漉【かみすき】（冬）
紙を漉く一枚の水音しづか　一五三
刈田【かりた】（秋）
田の神のごろりと眠る刈田かな　一〇一
歌留多【かるた】（新年）
読み人のひと声に舞ふ歌留多かな　一六七
枯木【かれき】（冬）
一木は裸となりてさすらへり　一二二
枯菊【かれぎく】（冬）
枯菊は炎となりて香りけり　一一七

枯野【かれの】（冬）
枯れ果てて光まばゆき枯野かな　一二三
若き日の心さまよふ枯野かな　一二四
枯蓮【かれはす】（冬）
枯蓮の茎になほある力かな　一一八
まだ枯るるところののこる蓮かな　一一九
寒鯉【かんごい】（冬）
寒鯉の眠れる水の重さかな　一四三
寒卵【かんたまご】（冬）
寒卵落とすや飯に深き穴　一三九
祇園会【ぎおんえ】（夏）
香買うて祇園囃子を遠ざかる　三八
桔梗【ききょう】（秋）
桔梗をきれいな水に浸しけり　七五
菊枕【きくまくら】（秋）
いまさらの菊の枕の香りけり　九五
胡瓜【きゅうり】（夏）
良き妻とならぬ女や胡瓜もむ　五六
霧【きり】（秋）
ここからは霧を分けねばゆけぬかな　一〇九
金魚【きんぎょ】（夏）
失恋の君に贈らん金魚かな　二四
草餅【くさもち】（春）
天地をひとつにまるめ草の餅　二一〇
草餅をひとつ炙りて昼餉とす　二一一
鯨【くじら】（冬）
捌かれて跡形もなき鯨かな　一四二
葛湯【くずゆ】（冬）
ひと匙に己やしなふ葛湯かな　一三一
楠若葉【くすわかば】（夏）
熊本や千年のちも楠若葉　一五
蜘蛛【くも】（夏）
己が張りし蜘蛛の網から抜け出せず　五七
雲の峰【くものみね】（夏）
どの子にも大きな未来雲の峰　三四
毛糸編む【けいとあむ】（冬）

引くほどに先へ転がる毛糸玉　一二七
日のあたる方へ転がる毛糸玉　一二八
香水【こうすい】（夏）
十年をほつたらかしに香水瓶　六〇
凩【こがらし】（冬）
凩をさらふ凩吹きつのる　一二一
コスモス【こすもす】（秋）
水筒の水はからつぽ秋桜　七六
小春【こはる】（冬）
小春日や子供よろこぶ鹿の糞　一一四
独楽【こま】（新年）
あたりくる独楽を力に独楽まはる　一六六

さ行

西行忌【さいぎょうき】（春）
西行忌だれもをらざる花の下　一九九
囀り【さえずり】（春）
夕暮れて囀り足らぬ一羽あり　一九二
桜貝【さくらがい】（春）
拾うては波へ返しぬ桜貝　二〇六
桜鯛【さくらだい】（春）
桜鯛捌きて人は花まみれ　二〇五
桜漬【さくらづけ】（春）
この山の花のひとひら桜湯に　二〇一
桜餅【さくらもち】（春）
踊り子の楽屋へ届く桜餅　二〇三
かたくなな心ほぐさん桜餅　二〇二
石榴【ざくろ】（秋）
ざつくりと裂けし石榴のごとき句を　一〇八
寒し【さむし】（冬）
兜煮の目玉むさぼる寒さかな　一四一
百日紅【さるすべり】（夏）
本妙寺大工入れたり百日紅　三五
秋刀魚【さんま】（秋）
秋刀魚焼く煙もろとも裏返す　九八
獅子舞【ししまい】（新年）

獅子頭しばし河原の石の上　一六九

獅子舞にさし出すやこの石頭　一六八

清水【しみず】（夏）

山清水竹の柄杓へほとばしる　四六

注連作【しめつくり】（冬）

藁こぼしつつ大注連縄の綯られけり　一五八

終戦記念日【しゅうせんきねんび】（秋）

敗戦忌海に逆立つ波ひとつ　六七

熟柿【じゅくし】（秋）

嘴のこぼしてゆきし熟柿かな　一〇〇

精霊舟【しょうりょうぶね】（秋）

精霊舟水辺の草にかかりけり　七〇

初夏【しょか】（夏）

初夏の怒濤のごとく言葉あれ　一三

白魚【しらうお】（春）

あたたかき雨の濡らせし白魚かな　一七三

ふるひ寄す白魚の色見ゆるまで　一七四

新酒【しんしゅ】（秋）

真つ先に荒ぶる神へ今年酒　一〇五

新米【しんまい】（秋）

一粒にこもる力や今年米　九六

芒【すすき】（秋）

絵唐津の風の芒は限りなし　八六

熱気球芒原より上がりけり　八五

前の山うしろの山もみな芒　八四

揺れに揺れ元に戻らぬ芒かな　八七

涼し【すずし】（夏）

涼しさに紅型染むる媼かな　三三

涼しさや少年の吹く竹の笛　四九

雑煮【ぞうに】（新年）

一年の力もらはん雑煮餅　一六一

十年を博多暮らしの雑煮かな　一六三

雑煮餅山のごとくにしづもれる　一六二

蚕豆【そらまめ】（夏）

一山の蚕豆をむく男かな　一九

た行

宝船【たからぶね】（新年）
宝船ぐらりと揺れて目覚めけり　一六五
筍【たけのこ】（夏）
筍や頭つきだす頭陀袋　一八
玉せせり【たませせり】（新年）
龍の眼の玉と動くや玉せせり　一七二
端午【たんご】（夏）
ふるさとに大き空ある端午かな　一四
月【つき】（秋）
うれしさや月の光をくぐるとき　九三
つくつく法師【つくつくぼうし】（秋）
つくつくし鳴くだけ鳴いてあとしづか　六六
冬瓜【とうが】（秋）
その辺に転がしておく冬瓜かな　七二
唐辛子【とうがらし】（秋）
一難に力湧きけり唐辛子　九七
蟷螂【とうろう】（秋）
蟷螂の怒り怒れる顔をみき　八一
蟷螂は己の影に驚きぬ　八〇
十日戎【とおかえびす】（新年）
福笹を突つこんでおく紙袋　一七一
年の市【としのいち】（冬）
結局はひとつも買はず年の市　一五五
蜻蛉【とんぼ】（秋）
つぎつぎにぶつかつてくる蜻蛉かな　七九

な行

夏の月【なつのつき】（夏）
月涼し庭中の石眠るころ　四一
七草籠【ななくさかご】（新年）
七草籠なづなは花のひらきつつ　一七〇
煮凝【にこごり】（冬）
煮凝の一欠熱し飯の上　一四〇
猫の恋【ねこのこい】（春）

何食はぬ顔して戻る恋の猫 一八六
合歓の花【ねむのはな】（夏）
誰にでも笑ふ赤ん坊ねむの花 二六

は行

博多祇園山笠【はかたぎおんやまかさ】（夏）
大雨へ突つ込んでゆく博多山笠 三九
萩【はぎ】（秋）
白萩の花も苔も雨の中 七四
白木蓮【はくもくれん】（春）
てつぺんのはくれんの花落ちてきし 一八九
箱庭【はこにわ】（夏）
箱庭に一つの椅子を置きにけり 四七
初空【はつぞら】（新年）
今年こそ今年こそはと初御空 一六四
花【はな】（春）
浮いてきて花にまみるる真鯉かな 一九七
花烏賊【はないか】（春）
桜烏賊墨を吐くさへなまめかし 二〇四
花衣【はなごろも】（春）
みづからを奮ひたたせん花衣 一九四
羽抜鳥【はぬけどり】（夏）
我こそが羽抜鳥とは知らざりき 五八
母の日【ははのひ】（夏）
母の日や父に聞きたる母のこと 二〇
針供養【はりくよう】（春）
うつくしう縫うたる針を納めけり 一七五
針供養くれなゐの糸つけしまま 一七六
春【はる】（春）
春の滝に打たれに来たる女かな 一八〇
春風【はるかぜ】（春）
春風や遊び疲れてなほ遊ぶ 二一三
春風を動かしてゐる象の耳 二一二
春隣【はるとなり】（冬）
春隣懐紙ころがる五色豆 一五四
春の波【はるのなみ】（春）

春の波ひかりまみれとなりかへす　二〇九
ビール【びーる】（夏）
からからの喉かけ落つるビールかな　三七
日傘【ひがさ】（夏）
雑踏に紛れず母の日傘ゆく　四二
畳まれて海の匂ひの日傘かな　四三
蟇【ひきがえる】（夏）
むつかしき恋の顔なる蟇　二五
蜩【ひぐらし】（秋）
かなかなや昔通りし山の径　六五
蜩や小舟を曳いて舟戻る　六四
雛納【ひなおさめ】（春）
雛納め真中を猫のとほりゆく　一八五
雛祭【ひなまつり】（春）
掌にふはりと乗りぬ紙雛　一八四
眠たげに座りたまへる雛かな　一八二
雛人形をさなき我がその前に　一八三
雲雀【ひばり】（春）
ひと日なら雲雀になつてみるもよし　一九三
屏風【びょうぶ】（冬）
飛び去りし鳥帰り来ぬ屏風かな　一三三
昼寝【ひるね】（夏）
昼寝覚この世へすぐに戻られず　四四
枇杷【びわ】（夏）
枇杷の実を枝ごと切つてくれし人　二七
懐手【ふところで】（冬）
考へのまとまらぬまま懐手　一二九
冬【ふゆ】（冬）
拾ひきし松笠ひとつ冬の旅　一一三
冬木【ふゆき】（冬）
あたらしき命ひしめく冬木かな　一四四
冬籠【ふゆごもり】（冬）
とりどりの糸を集めん冬ごもり　一二五
ぼろぼろの歳時記大事冬ごもり　一二六
冬菜【ふゆな】（冬）
冬菜洗ふ水を大きく揺らしては　一三〇

冬の梅【ふゆのうめ】（冬）
寒梅や空にまつたき一二輪　一五一
冬の日【ふゆのひ】（冬）
冬の日のしづけさに置く茶杓かな　一三二
冬の水【ふゆのみず】（冬）
ひと粒の眠り薬を冬の水　一三七
冬牡丹【ふゆぼたん】（冬）
冬牡丹風の力を以てひらく　一五〇
ふるはせて大きはなびら冬牡丹　一四九
冬芽【ふゆめ】（冬）
冬木の芽触るればしんと熱かりき　一四五
芙蓉【ふよう】（秋）
あすはどの莟のひらく芙蓉かな　七三
鳳仙花【ほうせんか】（秋）
一日を素顔のままで鳳仙花　七一
榾【ほた】（冬）
砕きたる大榾を火の走りけり　一四八
蛍【ほたる】（夏）
さつきまでひかりあひたる蛍かな　二三
牡丹【ぼたん】（夏）
散りてなほ花芯のほてる牡丹かな　二二
花びらのとけかけてゐる牡丹かな　九
牡丹のひとつの花に女かな　一〇
右へ揺れ左へ揺るる牡丹かな　一一
盆【ぼん】（秋）
母の魂厨口より戻りこよ　六九
盆の月【ぼんのつき】（秋）
父の家に覚めてひとりや盆の月　六八

ま行

馬蛤貝【まてがい】（春）
馬蛤貝のちらとこの世を覗きけり　一九〇
豆の花【まめのはな】（春）
朝の句の夕べは古りぬ豆の花　二〇七
蓑虫【みのむし】（秋）
蓑虫に生まれて一生蓑の中　一〇二

蓑虫に聞かれてならぬ話かな　一〇三
蓑虫の嘆きを聞いてやりにけり　一〇四

虫【むし】（秋）
鳴きながらもらはれてゆく籠の虫　八三

名月【めいげつ】（秋）
淡海の眠るに惜しきけふの月　八八
夜遊びの我の真上へけふの月　八九

餅搗【もちつき】（冬）
青空へ餅搗きの湯気立ちのぼる　一五六
振り上ぐる杵にとびつく臼の餅　一五七

ものの芽【もののめ】（春）
ものの芽のちひさき音をたてて出づ　一八八

藻の花【ものはな】（夏）
藻の花のひとつは波のさらひけり　二二
藻の花や水に乗つたり潜つたり　二一

桃【もも】（秋）
白桃やくるりくるりと水の中　六三

や行

灼くる【やくる】（夏）
魂の一塊として灼くる石　四〇

山眠る【やまねむる】（冬）
積む雪を重し重しと山眠る　一三四

夕立【ゆうだち】（夏）
君を攫ひに夕立の只中へ　五〇

浴衣【ゆかた】（夏）
夕風に吊られしままの浴衣かな　五九

雪【ゆき】（冬）
雪の夜や炎の走る登り窯　一三五

雪達磨【ゆきだるま】（冬）
放課後の雪達磨またひとつ増ゆ　一四六

柚子【ゆず】（秋）
長生の人よりもらふ柚の実かな　九九

余寒【よかん】（春）
針山に針並び立つ余寒かな　一七七

夜寒【よさむ】（秋）
夜寒さやひとつ離るる影法師　一〇七
蓬【よもぎ】（春）
籠にあふるるよろこびの蓬かな　一八七

ら行

落花【らっか】（春）
散りはてて花やすらへり草の上　一九六
花びらや人を忘れて忘らるる　一九八
また一羽来て花びらをこぼしけり　一九五
龍太忌【りゅうたき】（春）
青空へひらく辛夷や龍太の忌　一七八
良夜【りょうや】（秋）
かたはらに人眠りゐる良夜かな　九一
午前二時鳩時計鳴る良夜かな　九〇
縫ひ終へし針のやすらふ良夜かな　九二
蠟梅【ろうばい】（冬）
臘梅のどの枝の花かをるらん　一五二

初句索引

あ

青嵐　一七
青空へ
　ひらく辛夷や　一七八
　餅搗きの湯気　一五六
秋空の　七八
秋晴や　七七
朝寝して　二〇八
朝の句の　二〇七
明日のこと　五一
あすはどの　七三
あたたかき　一七三
あたらしき　一四四
あたりくる　一六六
天地を　二一〇
淡海の　八八

い

一難に　九七
一日を　七一
一年の　一六一
一木に　一六
一木は　一二二
一匹の　五五
凍滝を　一八一
いまさらの　九五

う

浮いてきて　一九七
鶯の　一九一
埋火や　一四七
うつくしう　一七五
馬追や　八二
うれしさや　九三

え

絵唐津の　八六

お

大雨へ　三九
踊り子の　二〇三
己が張りし　五七

か

神楽いま　一三六
籠にあふるる　一八七
かたくなな　二〇二
かたはらに　九一
かなかなや　六五
兜煮の　一四一
紙を漉く　一五三
からからの　三七
枯菊は　一一七
枯蓮の　一一八
枯れ果てて　一二三
考への　一二九
寒鯉の　一四三
寒卵　一三九
寒梅や　一五一

き

桔梗を　七五
君を攫ひに　五〇
けふだけの　一〇六
けふの暑さ　三六
けふ海の　二九

く

草餅を　二一一
砕きたる　一四八
嘴の　一〇〇
熊本や　一五
くれなゐの　三〇

け

結局は　一五五
月光の　五三

こ

香買うて　三八
凩を　一二一
ここからは　一〇九
午前二時　九〇
今年こそ　一六四
この山の　二〇一
小春日や　一一四

さ

西行忌　一九九
桜烏賊　二〇四
桜鯛　二〇五
さつきまで　二三
ざつくりと　一〇八
雑踏に　四二
捌かれて　一四二
秋刀魚焼く　九八

し

獅子頭　一六九
獅子舞に　一六八
失恋の　二四
秋灯を　九四
十年を
　博多暮らしの　一六三
　ほつたらかしに　六〇
宿題の　四八
精霊舟　七〇
白萩の　七四

す

水筒の　七六
涼しさに　三三
涼しさや　四九

そ

雑煮餅　一六二
その辺に　七二

た

宝船　一六五
筍や　一八
畳まれて　四三
田の神の　一〇一
魂の　四〇
誰にでも　二六

ち

父の家に　六八
長生の　九九
散りてなほ　一二
散りはてて　一九六

つ

月涼し　四一
つぎつぎに　七九
つくつくし　六六
積む雪を　一三四

て

てつぺんの　一八九
掌に　一八四

と

蟷螂の　八一
蟷螂は　八〇
通るたび　二八
どの顔も　三二
どの子にも　三四
飛び去りし　一三三
とりどりの　一二五

な

鳴きながら　八三

七草籠　一七〇
何食はぬ　一八六
何もかも　五二

に

にほどりの　一二〇
煮凝の　一四〇

ぬ

縫ひ終へし　九二

ね

熱気球　八五
眠たげに　一八二

は

敗戦忌　六七
掃きながら　一一五
白桃や　六三
白梅の　一七九
箱庭に　四七
初夏の　一三
花びらの　九
花びらや　一九八
母の魂　六九
母の日や　二〇
針供養　一七六
針山に　一七七
春風や　二一三
春風を　二一二
春隣　一五四
春の滝に　一八〇
春の波　二〇九

ひ

引くほどに　一二七
鯛や　六四
ひと匙に　一三一
一粒に　九六
ひと粒の　一三七
ひと日なら　一九三
一山の　一九
雛納め　一八五
雛人形　一八三
日のあたる　一二八
昼寝覚　四四
拾ひきし　一一三
拾うては　二〇六
枇杷の実を　二七

ふ

福笹を　一七一
冬木の芽　一四五
冬菜洗ふ　一三〇
冬の日の　一三二
冬牡丹　一五〇
振り上ぐる　一五七
ふるひ寄す　一七四
ふるさとに　一四
ふるはせて　一四九

へ

べたべたの　二〇〇

ほ

放課後の　一四六
牡丹の　一〇
ぼろぼろの　一二六
煩悩の　四五
本妙寺　三五

ま

前の山　八四
また一羽　一九五
まだ枯るる　一一九
真つ先に　一〇五
馬蛤貝の　一九〇
マフラーに　一三八

み

右へ揺れ　一一
みづからを　一九四
蓑虫に
　生まれて一生　一〇二
　聞かれてならぬ　一〇三
蓑虫の　一〇四

む

むつかしき　二五

も

ものの芽の　一八八
藻の花の　二三
藻の花や　二一

や

屋根の上の　三一
山清水　四六

ゆ

夕風に　五九
夕暮れて　一九二
雪の夜や　一三五
揺れに揺れ　八七

よ

夜遊びの　八九
良き妻と　五六
夜寒さや　一〇七
読み人の　一六七
夜の蟻　五四
夜更けて　一一六

り

龍の眼の　一七二

ろ

臘梅の　一五二

わ

若き日の　一二四
藁こぼしつつ　一五八
我こそが　五八

著者略歴

斉藤 真知子（さいとう まちこ）

1953年　熊本県熊本市生まれ
1994年　「古志」入会
現在　福岡市在住

古志叢書第六十五篇

句集 香水瓶

初版発行日　二〇二一年六月二十八日
著　者　斉藤真知子
定　価　二二〇〇円
発行者　永田　淳
発行所　青磁社
京都市北区上賀茂豊田町四〇―一（〒六〇三―八〇四五）
電話　〇七五―七〇五―二八三八
振替　〇〇九四〇―二―一二四二二四
http://seijisya.com
装　幀　加藤恒彦
印刷・製本　創栄図書印刷

ISBN978-4-86198-502-7 C0092 ¥2200E